Un personnage de Thierry Courtin

25, avenue Pierre-de-Coubertin, 75013 Paris.
ISBN : 978-2-09-257075-3
Loi n°49-956 du 16 juillet 1949
sur les publications destinées à la jeunesse,
modifiée par la loi n°2011-525 du 17 mai 2011.

Achevé d'imprimer en décembre 2017 par Lego, Vicence, Italie.
N° d'éditeur : 10242024 - Dépôt légal : janvier 2017.

T'choupi
se perd au supermarché

Illustrations de Thierry Courtin

Aujourd'hui, T'choupi fait
les courses avec maman.
– C'est parti, T'choupi !
– Youpi ! Je peux monter
dans le Caddie ?

– T'choupi, tu prends trop de gâteaux ! Il en reste plein à la maison.

Maintenant, T'choupi
a une idée. Il court dans
le rayon.
– Regarde maman,
il y a des jouets là-bas !

– Coucou maman,
me revoilà !
– Ne t'éloigne pas trop
T'choupi. Le magasin
est grand.

Puis, T'choupi voit
le rayon des bonbons...

Il prend un gros paquet
de bonbons mais quand
il se retourne, il ne voit plus
maman !

T'choupi se met à pleurer.
Une dame du magasin
vient vers lui :
– Tu as perdu ta maman ?
Ne t'inquiète pas, nous allons
la retrouver.

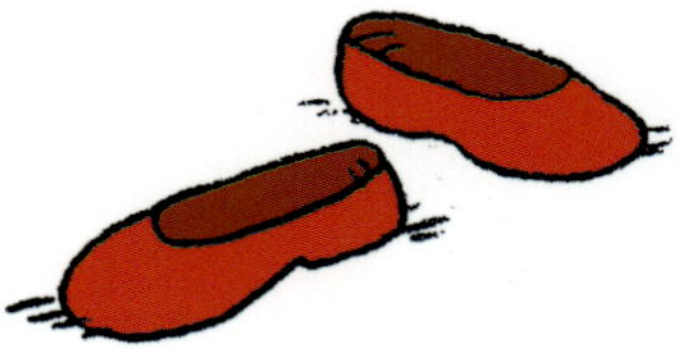

La dame appelle dans le micro :
– T'choupi attend sa maman
à l'accueil du magasin.

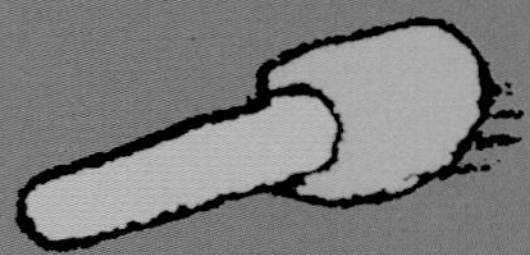

Maman arrive enfin.
– Maman ! s'écrie T'choupi.
– Mon chéri, tu es là !
Viens vite dans mes bras !

T'choupi est soulagé.
– Maintenant maman,
je reste tout près de toi !
– Et moi, dit maman, je ne
te quitterai plus des yeux,
mon petit gourmand !

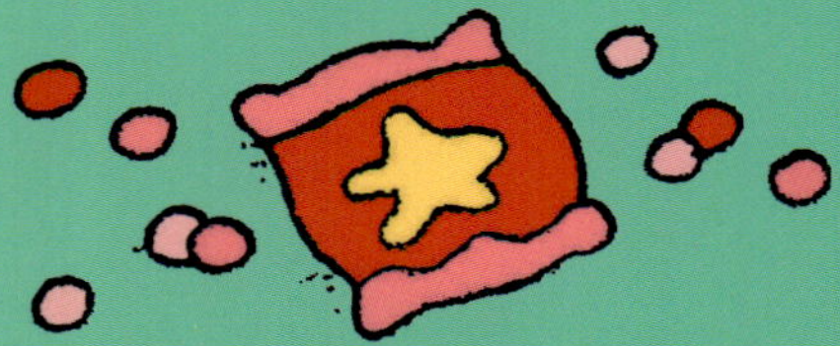

Découvre d'autres aventures de T'choupi

1. veut un chaton
2. ne veut pas prêter
3. n'a plus sommeil
4. jardine
5. fait du vélo
6. est trop gourmand
7. est en colère
8. s'amuse sous la pluie
9. se déguise
10. fête Noël
11. se baigne
12. fait un bonhomme de neige
13. fait une cabane
14. rentre à l'école
15. a peur de l'orage
16. a une petite sœur
17. se perd au supermarché
18. prend le train
19. part en pique-nique
20. est malade
21. fait une surprise à maman
22. fête son anniversaire
23. a perdu Doudou
24. fête Halloween
25. fait un gâteau
26. va au cirque
27. fait de la musique
28. veut regarder la télé
29. fait un tour de manège
30. s'occupe bien de sa petite sœur
31. fait la sieste
32. est fâché contre papa
33. va sur le pot
34. a peur des chiens
35. cherche les œufs de Pâques
36. prend son bain
37. veut tout faire tout seul
38. aime la galette
39. ne veut pas se coucher
40. va à la piscine
41. fait des bêtises
42. part en vacances
43. est poli
44. s'habille tout seul
45. fait du poney
46. a une nouvelle nounou
47. a la varicelle
48. dort chez papi et mamie
49. bientôt grand-frère
50. déménage
51. fait du bateau
52. mange à la cantine
53. a un bobo
54. a une amoureuse
55. va à la ferme
56. n'aime pas la bagarre
57. fait du ski
58. n'a plus de tétine
59. joue au tennis
60. dit non !